BERNARD GALLENT

Quatre lapins et un innocent

Illustrations
Thierry Christmann

éditions sed

Dans la même collection

Touchez pas à Amélie !
Nicolas de Hirsching

Le Trésor du dieu Lug
Michel Cosem

Qui a enlevé Tania ?
Gérard Hubert-Richou

Meurtre mystérieux au jardin des Plantes
Aude Hubert-Richou

2, rue Chappe – ZAC Les Garennes – 78130 Les Mureaux
ISBN : 2-86893-791-8

1

Loulou sous la paille

Le soleil est à peine levé quand le coq, entré dans la salle, tend le cou et s'égosille :

« Cocorico-o-o-o ! »

Sous ses draps de lin, Tiloc ouvre un œil et baille longuement. Il voit sa mère, Clémence, la chandelle à la main, chercher dans la pénombre son mantel[1] bleu et le jeter sur ses épaules.

« Brr ! Il fait encore bien frais ce matin, se plaint Tiloc en tirant ses jambes nues d'en dessous la grande couverture de laine.

– Évite de réveiller tes petits frères et sœurs, chuchote maman Clémence. »

(1) Un mantel est une sorte de manteau sans manches.

Tiloc est un garçon mince au regard rieur. Ses longs cheveux blond-paille tombent en mèches désordonnées. Son petit nez pointu, ses taches de rousseur et ses yeux verts lui donnent un air de lutin malicieux.

L'enfant regarde les petits, blottis les uns contre les autres, couchés sur la même paillasse que lui et il les envie de n'avoir pas à se lever matin. Il enfile en vitesse ses vêtements, jetés la veille sur un coffre posé au pied de la couche. Il se penche, s'accroupit à la recherche de ses sabots de bois.

« Mets ta chape[(2)] sur ton dos et ton chaperon[(3)] sur tes oreilles, fiston, conseille encore Clémence à mi-voix. Il fait bien frais dehors, et la pluie menace. »

En ce matin de mai 1248, comme chaque jour, Tiloc doit sortir les quatre vaches et les mener paître au pré communal.

Son père, Germain, est déjà dans l'étable, assis sur son petit tabouret et penché sur le pis de Câline qu'il finit de traire.

(2) Une chape est une petite cape.

(3) Un chaperon est une capuche.

« Restera-t-il une goutte de lait pour moi ? demande l'enfant.

– Ne sois pas inquiet, répond le père, la bonne Gourmande t'en donnera. »

Gourmande est la vache préférée de Tiloc. Chaque matin, elle lui garde une bonne rasade de lait chaud qu'il boit, courbé sous son gros ventre, en lui pinçant le pis.

« Aujourd'hui, tu mèneras les bêtes au pré de la Bonde, ordonne le père en soulevant les deux seaux de lait. Reviens aux dix coups de la cloche pour prendre ton dîner[(4)].

– Bien, père, répond le garçon en détachant les vaches une à une. Allez ! Dia ! Gourmande, La Noire, Câline, Boudeuse, on y va ! »

Gourmande mène la petite troupe vers la porte, à l'air libre. Mais voilà que Boudeuse, une fois de plus, prend le chemin inverse. Elle se dirige vers le fond de l'étable, où reste un petit tas de foin dont elle songe sans doute à faire son repas.

(4) À cette époque, on dînait *vers dix heures du matin et on* soupait *vers six heures du soir.*

Tiloc, la badine à la main, est déjà dehors. Il se tourne et comprend bien vite que le compte n'y est pas. Trois vaches au lieu de quatre, même pour un garçon à qui l'on n'a jamais appris à compter…

« Que fait encore cette chipie de Boudeuse à traîner en arrière ? lance-t-il. Boudeuse ! Allons, dépêche-toi, ou bien prends garde à mon bâton. »

Mais Boudeuse n'apparaît pas.

Alors Tiloc se fâche. D'un pas décidé, sa badine bien serrée dans la main, il rentre dans l'étable. Boudeuse est là, tout au fond. Elle mastique tranquillement et sa queue se balance au rythme de son contentement.

L'enfant avance d'un pas pressé, bien décidé à se faire obéir. Il lève sa baguette, quand tout à coup il se fige.

Le jeune gardien de troupeau vient d'apercevoir Boudeuse, léchant de sa langue râpeuse le visage apeuré d'un enfant recroquevillé sous un tas de foin. Tiloc écarte la grosse bête en la poussant des deux mains et se précipite. À grandes brassées, il disperse la paille.

« Loulou ! s'étonne-t-il. Que fais-tu là, couché sous une botte de foin ? »

Tiloc connaît Loulou depuis toujours : il est le dernier fils du cordonnier du village de Tournevieille. C'est un enfant frêle, aux grands yeux noirs cachés sous ses longs cheveux raides et sombres. Pour l'instant, Loulou reste aussi immobile, aussi muet qu'une carpe.

« Loulou, n'aie pas peur ! lance encore Tiloc. Lève-toi donc et explique-moi ce que tu fais là ! »

Voyant Boudeuse reculer et partir ruminer un peu plus loin, Loulou se décide enfin à sortir. Il passe ses doigts dans ses cheveux ébouriffés puis se frotte les bras et les jambes en disant d'une petite voix plaintive :

« Ça me pique de partout…

– C'est normal, répond Tiloc. La paille et le foin, ça picote toujours. Surtout quand on se couche dedans en simple chemise… Que faisais-tu donc sous cette botte ?

– J'me cachais du garde-chasse du château, dit Loulou en baissant les yeux.

– Qu'est-ce qu'il te veut, ce garde-chasse ?

– Il veut m'attraper, pardi ! »

Et Loulou, soudain, se met à pleurer. Il a froid, il a sommeil, il a peur. Tiloc le voit bien. Alors il pose sa main sur l'épaule de son petit compagnon et tente de le rassurer :

« Je suis là Loulou, maintenant. Tu vas venir avec moi mener les vaches jusqu'au pré communal et tu vas tout me raconter en chemin. Tiens, enfile donc ce pelisson(5). Je n'en ai pas besoin. Il te tiendra chaud...

– Oh non ! s'écrie Loulou. Surtout pas un pelisson ! »

Tiloc s'étonne. La peau de lapin lui donnerait-elle des démangeaisons ?

« Mais tu grelottes, pauvret ! Tu trembles, tu frissonnes comme une feuille toute morte !

– Pas de pelisson en peau de lapin ! »

Tiloc renonce, pour l'instant, à comprendre quoi que ce soit. Il ôte alors sa chape et la lui pose sur les épaules. Cette

(5) Un pelisson est un gilet en fourrure de lapin.

fois, Loulou ne proteste pas. Au contraire, il lui sourit.

« Ah ! c'est mieux ainsi, soupire Tiloc, rassuré. Allons mener les bêtes, maintenant, avant qu'il ne leur prenne l'envie d'aller au pré toutes seules. »

Tiloc ramasse sa badine et tire Loulou par la main. Dans la courette, les quatre vaches attendent sagement.

« Dia ! Dia ! lance Tiloc en agitant sa baguette au bout de son bras levé. Allons ! au trot, les vaches ! Nous sommes en retard et votre dîner n'attendra pas ! »

Et tandis que la petite troupe s'éloigne en direction du pré de la Bonde, Loulou rabat son chaperon sur sa tête. À petits pas pressés, il trottine en silence derrière Tiloc, pieds nus sur la terre humide du chemin.

2

Deux lapins pris au collet

Au loin, les garçons entendent encore le coq chanter d'une voix enrouée. Sans doute est-il mal réveillé.

Tiloc se retourne vers le pauvre Loulou qui trotte, tête baissée et encapuchonnée.

« Qu'as-tu donc, mon pauvre Loulou, pour renifler comme ça et te cacher les yeux sous ton chaperon ?

– C'est à cause du garde-chasse du Baron, répond Loulou à mi-voix. J'veux pas qu'il puisse me reconnaître.

– Et pourquoi donc ? Me diras-tu ?

– On m'a surpris, hier au soir, rentrant du bois avec deux lapins sous mon bliaud(6).

(6) Un bliaud est une sorte de blouse.

– Deux lapins ? s'étonne Tiloc. Deux lapins attrapés sur les terres du Baron ? Ah ! Je comprends que tu refuses mon pelisson et que tu aies peur du garde-chasse, mon pauvre Loulou ! Chasser sans permission, ça s'appelle du braconnage, tu le sais. Et le braconnage... »

Mais Loulou redresse la tête. Il serre les poings, il éclate en sanglots et s'écrie :

« Ces lapins, hff ! j'les ai pas chassés ! hff ! J'les ai pas tués ! J'les ai juste... hff ! »

Tandis que Loulou s'effondre sans terminer sa phrase, assis sur le bord du fossé, et se remet à renifler, Tiloc se trouve soudain bien désemparé.

« Viens, Loulou, dit-il pourtant. Rentrons d'abord ces fichues vaches dans l'enclos. »

Loulou relève un peu la tête et passe sur son nez le revers de sa main. Tiloc referme la barrière derrière les vaches et plante sa badine entre deux grosses pierres.

Loulou a les yeux embués, mais il ne pleure plus. Tiloc se penche vers lui et lui tire en arrière le chaperon de coton vert.

« Loulou, si tu veux que je t'aide, il faut tout me dire. Tu entends bien ? Tout !

– J'entends bien, Tiloc, mais, tu vas pas me croire.

– Ah ça, je croirai ce que je voudrai croire, Loulou. Dis-moi, enfin. Ces lapins, tu les as juste… quoi ?

– J'les ai juste… ramassés.

– Tu te moques de moi ?

– J'le savais, j'le savais ! pleurniche Loulou en enfouissant son visage dans le pli de son bras.

– Loulou, enfin ! Comment peux-tu espérer que je puisse te croire ? Où donc as-tu vu que les lapins se cueillent comme des coquelicots au bord des chemins ?

– J'savais que tu me croirais pas. Pourtant, c'est vrai de vrai ! »

Loulou mouche son nez du revers d'une manche de sa chainse(7) et essuie ses yeux avec son autre manche. Il se dresse soudain et assure avec une certaine naïveté :

« Tiloc, c'est comme ça. J'revenais de la forêt avec un fagot de bois sec. Il y avait

(7) Une chainse est une chemise.

deux lapins morts sur le bord du chemin. Ils étaient cachés dans les hautes herbes et j'les aurais pas vus si je m'étais pas arrêté un instant pour courir après une sauterelle…

– Deux lapins morts dans les fourrés ?

– Oui, reprend Loulou, ému qu'enfin quelqu'un veuille l'écouter. Deux lapins !

– Alors ? Tu les as pris ?

– D'abord, j'ai regardé si quelqu'un rôdait alentour : il n'y avait personne. Alors seulement j'ai observé les deux bestioles. Elles étaient bien mortes, le cou tout serré, couic ! Dans une ficelle…

– Un collet, fait observer Tiloc. Un collet de braconnage. C'est bien connu, tout ça ! Et donc, tu as fini par te dire qu'il serait bien stupide de ne pas rapporter ces pauvres bêtes à la maison…

– Ben oui. Les lapins, ils étaient déjà morts. J'allais pas les faire démourir !

– Donc, reprend Tiloc, tu les as suspendus à ta ceinture sous ton bliaud et tu as repris ton chemin...

– C'est ça, approuve Loulou retrouvant son sourire. Tu vois bien, Tiloc, c'était pas difficile à deviner !

– Pourtant, il y a quelque chose que je ne comprends pas, Loulou. Que s'est-il passé

pour que le garde-chasse s'en aperçoive et se mette à te courir après ?

– C'est à cause d'un petit bout de queue.

– D'un petit bout de queue ? s'étonne Tiloc, prêt à éclater de rire.

– Oui. Comme je rentrais dans le village, j'avais une main en l'air pour tenir mon fagot sur ma tête. Et mon bras tirait sur ma manche qui tirait sur ma cotte(8). Et le petit bout de la queue d'un lapin dépassait par en dessous, et moi, je m'en apercevais pas...

– Et le garde-chasse l'aura appris... Et il sera venu toquer à la porte de ton père... Juste au moment où les lapins rissolaient dans la marmite et que ça allait être dimanche un mercredi...

– Oui, oui, reprend Loulou. Et moi, j'ai eu peur. J'ai sauté par la fenêtre de la bergerie et j'ai filé me cacher dans les fourrés.

– Et ton père ? Et le garde-chasse ?

(8) Une cotte est comme un bliaud, c'est une blouse.

– Ils sont sortis parler sur le pas de la porte, mais j'ai pas compris ce qu'ils se disaient.

– Comme tu pouvais pas rentrer chez toi, tu es venu chez ton ami Tiloc et, sans rien dire à personne, tu t'es couché dans la paille avec mes quatre vaches. »

C'est alors qu'un oiseau noir à bec orange se pose sur une branche, tout près des deux garçons. Et voilà que l'oiseau les regarde, et qu'il se met à parler :

« Piiii-iit ! La Marie-du-pré garde ses moutons sur la colline ! Va donc la trouver ! Piiii-iit ! »

Ami lecteur,
À présent, tu as le choix de suivre Tiloc au chapitre 3a (p. 21) ou d'accompagner Loulou au chapitre 3b (p. 27). Rendez-vous de toute façon au chapitre 4 (p. 39).

3a

La Marie-du-pré

J'éclate de rire quand Loulou tombe à la renverse. Je crois qu'il n'a jamais vu un oiseau pareil s'approcher de lui d'aussi près. Et de l'entendre parler, ça lui a coupé les jambes !

Il faut dire que moi non plus, je n'en ai jamais vu, ni entendu. Mais je ne m'écroule pas par terre pour autant. Tout de même, je me demande ce que cet oiseau noir au ventre comme un soleil faisait là et pour quelle raison il nous a conseillé d'aller voir la Marie sur la colline. Mais après tout, ce n'est peut-être pas une mauvaise idée.

Marie-du-pré, elle a presque vingt ans. Elle est belle, elle est fraîche comme un matin d'été. Elle connaît beaucoup de choses et je crois même qu'elle sait un peu lire et écrire. C'est dire ! Moi qui ai bientôt neuf ans, je suis tout juste capable d'écrire mon nom : Loïc, et mon surnom : Tiloc.

N'ayant pas d'autre idée à proposer, je décide de suivre le conseil de l'oiseau. Je conseille gentiment à Loulou, resté bêtement avachi dans les pissenlits, de se remettre debout et de me suivre sans tarder.

Mais Loulou refuse, disant qu'avec ses pieds nus, il ne pourra pas courir dans la lande. Je prends donc seul le sentier qui mène vers la colline. J'ôte bien vite mes sabots et je les tiens à la main. Courir pieds nus, c'est bien plus commode, contrairement à ce que pense Loulou.

•

Sur le chemin, je me répète sans cesse : « Il faut que je sois rentré à la ferme pour dix heures, ou bien mon père me fera goûter à son bâton plutôt qu'à la soupe ! »

Soudain, à un détour du chemin, je vois briller au loin des casques de métal. Je plonge dans les broussailles. Je me dis :

« On dirait bien les casques des gens d'armes ! ». J'entends l'un d'eux lancer :

« Messire le Baron part tantôt rendre visite à notre Seigneur Duc à son nouveau château de Suscinio. Il faut rentrer et admettre

que ce petit Louis du cordonnier est introuvable ! Dieu seul sait où il se cache ! »

Ainsi, c'est bien Loulou qu'ils cherchent !

Les gens d'armes s'étant éloignés, je sors de ma cachette et je poursuis mon chemin en courant vers le haut de la colline. Déjà je distingue des bêlements, et je me dis que les moutons ne doivent plus être loin et la Marie non plus. En effet, quelques instants après, j'aperçois la jeune fille assise sur un rocher, filant la laine autour d'un bâton pointu. Je l'appelle :

« Marie, ohé, la Marie !

– Que fais-tu là, Tiloc ? me lance-t-elle.

– C'est à cause du petit Louis !

– Je m'en doute, p'tit Loïc. J'ai eu la visite des gens d'armes. Ils m'ont dit qu'il a été surpris à braconner…

– C'est pas vrai ! Il a juste ramassé les deux lapins, c'est tout ! »

Je raconte toute l'histoire à la Marie-du-pré. Elle réfléchit un long moment et me dit en me tenant le menton :

« Si le garde-chasse ne veut rien entendre, alors il faut faire une belle lettre pour le Baron et la lui porter.

– Écrire une lettre ? Aller voir Messire le Baron ? Tu n'y penses pas ! Et jamais je ne saurais écrire trois mots !

– Pour la lettre, mon petit, je l'écrirai pour toi. Mais pour ce qui est de la lui porter, c'est toi qui le feras ! »

C'est bien ma chance. Loulou se cache dans la paille au milieu de mes vaches, je le protège et il faut encore que j'aille voir Monsieur le Baron pour lui remettre une lettre.

Tandis que je suis là à soupirer, la Marie tire d'une sacoche de toile un morceau de parchemin en peau de veau, une plume d'oie taillée et une petite bouteille d'encre. Et la voilà qui écrit avec application. Je suis étonné qu'elle ait de quoi écrire. Mais, avec les filles, il ne faut pas chercher à tout comprendre...

Bientôt, elle roule le parchemin et me le tend. Je la remercie, puis, sans perdre un seul instant, je détale dans la pente.

Sur le sentier, je croise le chapelain(9), monté sur son âne dont il fouette le

(9) Un chapelain dit la messe dans la chapelle du château. Il est aussi maître d'école pour les enfants des nobles.

derrière à grands coups de baguette pour le faire avancer.

3b

Les gens d'armes

J'aurais jamais dû laisser Tiloc filer sans moi. Ça m'embêtait diablement de courir jusqu'en haut de la colline, c'est sûr, mais maintenant, je suis obligé de rester caché comme une taupe au milieu des genêts qui me grattouillent, des herbes qui me chatouillent et des orties qui me piquent tout partout.

Je suis sur le point de me décider à sortir de ma cachette pour me dérouiller les gambettes, quand tout à coup j'entends des grosses voix et des rires sonores. Je plonge à nouveau dans mes broussailles. Les orties et les genêts ne se gênent pas pour me griffer ou me piquer encore les bras et les cuisses comme des griffes de chats en colère. Mais je serre les dents et les poings en me répétant : « Même pas mal, même pas mal ! »

De ma cachette, je vois les gens d'armes passer avec leurs casques qui brillent et leurs hallebardes à la main. Ils lancent des plaisanteries qui les font bien rire.

Ils parlent de moi et je me demande surtout comment ils connaissent mon nom. Je les laisse s'éloigner en me grattant les bras et les jambes.

Un peu plus tard, comme je n'entends plus rien, je rampe jusqu'au sentier et je me décide à rattraper Tiloc malgré mes pieds nus et les piqûres d'orties qui me grattouillent. Mais j'entends à nouveau un bruit.

Je saute sous les genêts griffus et je me fais tout petit.

Heureusement, je reconnais Tiloc qui court à toute vitesse dans la pente. Soulagé, je sors pour de bon de ma cachette et je crie :

« Tiloc ! Tiloc ! Ne cours pas si vite, les gens d'armes sont juste devant ! »

Tiloc est tout essoufflé. Il me dit en se tenant la poitrine pour reprendre haleine :

« Je sais, je sais... J'ai vu Marie... Elle a écrit un petit mot pour le Baron... Mais pour l'instant, j'entends la cloche de dix heures... Je dois rentrer à la maison pour le dîner. »

4

Lison Lisette

La cloche, en effet, sonne dix coups dans le lointain. Tiloc reprend sa course en silence et Loulou le suit.

Les murailles du manoir sont bientôt là, contre lesquelles est adossée la maison de bois de Tiloc.

« Va te cacher, commande Tiloc à Loulou. »

Tiloc aperçoit maman Clémence jetant des graines aux poules éparpillées dans la ruelle, tandis que ses frères jouent avec leurs billes de terre séchée.

« Le père n'est pas rentré ? demande Tiloc.

– Si fait, mon garçon ! Il est en train de finir sa soupe et la tienne sera bientôt froide ! File donc manger en vitesse avant qu'il ne te caresse le bas du dos ! »

Tiloc entre dans la grande pièce, les doigts noués derrière le dos. Le père est penché sur son bol dans lequel il trempe de gros morceaux de pain. Il dit sèchement :

« Le dîner est à dix heures, garçon !

– Oui, père, répond Tiloc en baissant la tête.

– Hâte-toi donc, alors ! »

Le petit retardataire, bien content de pouvoir s'asseoir sans coussin, s'installe sur le grand banc de bois et se jette sur son bol qu'il lape aussi vite que le ferait le chien Noiraud. Il attrape deux grosses tranches de pain et les cache sous sa chainse.

« Tu chercheras sitôt un bon fagot de bois sec dans la forêt, ordonne Germain d'une voix grave. Et tu tâcheras de ne pas tarder à rentrer. J'aurai besoin de toi au champ de la Mure.

– Oui, père. »

Tiloc serre les poings : « Comment rejoindre Loulou, pour trouver le Baron et lui donner la lettre de la Marie-du-pré ? »

En sortant, le garçon croise sa mère à nouveau. Il lui lance d'une voix claire :

« Le père m'envoie quérir du bois mort dans la forêt d'Auray. Je reviens tout à l'heure !

– Ne traîne pas en route mon petit. »

Clémence étant rentrée dans la maison, le voilà qui se précipite dans l'étable et interroge à voix basse :

« Loulou, tu es toujours là ?

– Oui, répond le petit fuyard.

– J'ai un peu de pain pour toi. »

Loulou, de la paille plein les cheveux, est déjà là. Il attrape les deux tranches de pain qu'il dévore sans respirer.

« Ch'avais faim, explique-t-il la bouche pleine.

– Viens, on n'a pas de temps à perdre. »

Dos courbés, l'un derrière l'autre, les deux garçons filent en vitesse jusqu'à la sortie du village lorsqu'ils entendent une petite voix pointue :

« Hé ! Qu'est-ce que vous faites là tous les deux à m'épier ?

– Ce qu'on fait à tes pieds ? demande Tiloc en reconnaissant la petite Élise, perchée au-dessus d'eux sur la branche d'un pommier. On n'est pas à tes pieds, Lisette…

– Je ne parle pas de mes pieds, nigauds, précise la petite bergère. Je n'aime pas qu'on me surveille ! Filez donc ! »

Tiloc se redresse.

« On ne filera pas, Lise.

– Vous vous cachez donc ?

– Non... oui... enfin..., bredouille Tiloc.

– C'est à cause de Loulou et de son garde-chasse ? demande-t-elle, malicieuse.

– Comment sais-tu donc ? s'étonnent les garçons.

– J'ai entendu les parlottes des vieilles femmes.

– Et que disaient ces commères ?

– Que Loulou chasserait le lapin sur les terres du Baron et qu'il en cacherait dans son chaperon, chantonne la fillette en riant.

– Pas dans mon chaperon, proteste Loulou. Sous mon bliaud, plutôt. Et puis...

– Ne te fatigue pas, mon pauvre Loulou, coupe Tiloc en soupirant. Que peuvent savoir les bergères des affaires des garçons ? »

Élise, fâchée, lance avec fermeté :

« Je connais pourtant une bergère qui sait par où sont partis les gens d'armes...

– On ne craint pas les gens d'armes, déclare Tiloc.

– Elle sait qu'ils sont allés fouiller la forêt d'Auray, pour trouver un petit braconnier.

– Dans la forêt d'Auray ? reprend Tiloc, soudain bien intéressé. Ce n'est donc pas le moment d'aller y chercher du bois sec. Et... saurais-tu aussi, par hasard, qui garde les portes du manoir ?

– Les portes ne seront pas gardées, suppose Lise, puisque les hallebardiers courent la campagne...

– Cela fait notre affaire, Loulou, dit Tiloc en se frottant les mains. Ainsi, nous pourrons entrer sans mal et trouver le Baron.

– Trouver le Baron ? s'étonne la Lison. Qu'avez-vous donc à faire avec le Baron ?

– On a une lettre à lui remettre.

– Et par où irez-vous jusqu'au manoir ?

– Par le grand chemin, pardi...

– Le grand chemin ? C'est bien dangereux, pour des marmots qui se cachent. Moi, la bergerette, je sais un petit chemin... Un sentier qui mène au manoir... Et sans croiser quiconque... Oui-da. Une sente cachée sous les ronces...

– Qui mène où ?

– Jusque sous une vieille poterne[10], Tiloc, tenue par de vieilles ferrures... »

À ce moment, une ombre noire vient planer au-dessus des enfants. Tiloc reconnaît l'oiseau noir, un mainate au bec couleur de feu. Celui-ci se perche au bout de la branche sur laquelle Lise se balance. Il dit :

« Piiii-iit ! Écoutez la Lisette. Écoutez la Lison ! Piiii-iit ! »

Et l'oiseau s'envole et disparaît.

(10) Une poterne est une porte cachée dans la muraille d'enceinte d'un château.

5

Glissade et sauvetage

Un instant muets, Tiloc et Loulou suivent des yeux l'oiseau noir. La petite bergère, elle, semble ne s'étonner de rien.

« Ce sentier-là nous intéressera peut-être, déclare Tiloc.

– Je peux vous conduire, à une condition.

– Laquelle, Lisette ?

– Il faut me montrer la fameuse lettre. Je ne saurai pas la lire, mais je n'ai jamais vu le plus petit parchemin. Alors... »

Les garçons acceptent. La fillette saute de sa branche, prend la lettre, la déroule, la regarde, et à l'endroit, et à l'envers. Satisfaite, elle la rend à Tiloc qui la replace sous sa ceinture.

« Allons-y sitôt, décide Tiloc. »

•

Lison prend la tête de la petite troupe. Ils longent la murette, suivent une barrière, glissent jusqu'au grand saule, attei-gnent le moulin à eau, empruntent un petit pont de bois tout mouillé… Plouf !

Inquiète, Lise se tourne vers Tiloc qui se tourne vers Loulou. Loulou n'est plus là. Il a glissé sur le bois mouillé du ponton et il est tombé dans la rivière. Le voilà qui barbote dans l'eau froide, qui gigote autant qu'il peut. Il souffle, il crachote sous son chaperon trempé qui lui cache et les yeux et le nez.

Tiloc se penche et tend le bras :

« Attrape ma main, Loulou ! Attrape ! »

Loulou fait des moulinets désordonnés. Sa chape gorgée d'eau gène ses mouvements et plus il s'agite, plus il s'éloigne de la rive.

Tiloc jette ses sabots et, s'agrippant à un piquet de bois, se laisse glisser dans la rivière. Puis, s'adressant à la fillette :

« Prends mon col et tiens-moi bien, Lison ! Brrr ! Cette eau est gelée ! »

Il tend sa main libre vers le pauvre pantin mouillé, attrape la pointe de son chaperon et tire aussi fort qu'il peut. Loulou, toujours soufflant, toujours crachant, se laisse mener comme une branche morte.

« Donne ta main à Lisette et grimpe sur le bord, Loulou. La baignade est terminée ! »

Tandis que la fillette tire le bras de Loulou, Tiloc, par en dessous, pousse son derrière et enfin ses pieds. Loulou est hissé sur le ponton. Tiloc, à son tour, se fait aider pour remonter.

« Faudrait pas rester ainsi, les garçons, dit Lise. Vous allez attraper la mort ! »

Loulou et Tiloc restent muets. Ils claquent des dents. Lison insiste :

« Venez vite vous sécher au soleil ! Donnez donc vos chemises que je les torde. »

En silence, les deux garçons jettent dans l'herbe leurs vêtements trempés. Pour se réchauffer, ils sautillent, nus comme des vermisseaux, derrière un bouquet de genêts. Ils se frottent les mains et les bras, se frictionnent le ventre et les jambes…

« Merci Loulou ! Ah, grâce à toi, j'ai pris le bain que ma mère me réclame depuis la nouvelle lune ! »

Tandis que les garçons s'efforcent de retrouver des couleurs, Lisette tord et bat les chemises trempées. Elle les étend sur l'herbe et revient vers eux.

« Oh ! lance-t-elle en éclatant de rire. Voilà deux jolis petits canards tout nus !

– Eh, Lisette ! proteste Tiloc en se retournant, tout affolé. Regarde donc pas !

– Je regarde pas, Tiloc ! assure la fillette. Mais pour la peine que je me suis donnée, il faut me donner une petite pièce.

– Une petite pièce ? s'affole Loulou qui n'en a jamais tenu une seule.

– Des sous, réplique Tiloc, il n'y en a jamais, à la maison. Chez Loulou non plus, d'ailleurs. Chez toi encore moins, Lisette, j'en suis bien certain !

– N'empêche. Qui vous a indiqué le chemin ? Qui vous a tiré de l'eau ?

– C'est bien toi, ma Lison ! admet Tiloc.

– C'est bien toi, ma Lisette ! dit Loulou.

– Et qu'aurai-je en échange ?

– Un bisou sur la joue droite ! propose Tiloc.

– Une bisette sur la joue gauche ! décide Loulou.

– Il faudra bien que je m'en contente, dit-elle, faisant mine de soupirer. »

Elle reçoit donc ses deux bises et ajoute :

« Vos affaires seront bientôt sèches. N'allez pas trouver le Baron en tenue de chérubins, tout de même ! »

Pendant que Lise a le dos tourné, les garçons se précipitent et ramassent leurs vêtements, encore bien humides. Ils les passent en grimaçant.

« Pressons, marmousets ! lance la fillette.

– Nous arrivons ! répondent les garçons.

– Attention aux épines ! prévient la Lisette. »

Courbés en deux et les épaules rentrées sous le tunnel de ronces et de mûriers, les trois enfants contournent le petit bois puis remontent le long du pré.

« Voilà le fossé, dit la bergère. En passant par le côté, vous retrouverez la poterne.

– Comment ? Tu ne viens pas avec nous ? demande Tiloc.

– Mes moutons et mes chèvres sont restés trop longtemps seuls, et si je tardais encore, je les trouverais en pays de France[11].

– Bien. Nous te remercions, Lisette. Retrouve vite tes brebis. Nous te raconterons sitôt notre retour.

– Bonne chance ! J'espère que notre Baron vous prêtera un instant son oreille pour cette histoire de lapins qui vous force à vous cacher comme des maraudeurs. »

Les deux garçons lui font un signe de la main, et tandis que la fillette rebrousse chemin, ils sautent à deux pieds dans le fossé.

(11) Le duché de Bretagne ne faisait pas partie du royaume de France à cette époque.

6

La bonne Berthe

La pluie des derniers jours avait rempli le fond du fossé. C'est donc dans la boue que nos deux filous arrivent à pieds joints.

« Oh là là ! dit tristement Tiloc en contemplant ses chausses de terre mouillée.

– Aïe aïe aïe ! se plaint Loulou qui vient de retomber au beau milieu d'une flaque.

– Nous voilà bien endimanchés pour rencontrer le Baron, reprend Tiloc en grimaçant.

– J'étais juste en train de sécher que me voilà à nouveau tout trempé, ajoute Loulou en pleurnichant. »

Les deux garçons se regardent, et leur allure, comme leur regard, est bien désolée. Que faire, maintenant ?

« Entrer dans cette tenue dans la cour du manoir, c'est se faire jeter dehors comme des petits mendiants, se plaint encore Loulou.

– Ah ça ! tu me donnes une idée ! coupe Tiloc en se frottant les mains. Des petits mendiants, dis-tu ? Et si, au contraire, quelqu'un au manoir avait pitié de petits mendiants…

– Tu veux dire qu'on entrerait comme ça, tout boueux, tout crottés ?

– Si je le dis ? Bien sûr ! Même qu'il serait bien d'en rajouter un peu…

– Où donc ?

– Sur ton nez, nigaud. Sur tes joues et même un peu dans tes oreilles ! Si tu ne veux pas qu'on te reconnaisse, il faut aussi que tu te barbouilles la figure ! »

Et voilà Tiloc plongeant les mains dans la flaque, ramassant une bonne poignée de terre mouillée et se salissant le visage dans un grand rire.

« Je vais laisser là, derrière ce buisson, mes sabots et mes chausses mouillées dont je ne sais que faire, assure Tiloc. La poterne est à quelques pas, et l'affaire est maintenant d'enfoncer la porte. »

Les garçons y sont déjà. Contre les planches de bois humide, ils tapent, ils cognent, ils frappent, ils tirent, ils poussent. Bientôt, une planche craque et tombe sur le sol. Tiloc et Loulou se penchent et regardent à travers l'ouverture.

Ils voient, au milieu de la cour, un chariot recouvert d'une bâche, et deux gros chevaux y sont attelés.

« Personne en vue, constate Tiloc. Tu peux te glisser entre ces deux planches, Loulou ?

– J'pense bien, Tiloc. Ma mère, elle me dit toujours que je suis pas plus gras qu'une moitié d'asticot !

– Alors donc va en premier, asticot ! »

Loulou se met de profil. Comme il reste coincé au niveau de ses hanches, Tiloc lui pousse un peu le bas du dos.

« Ouille ouille ouille, crie Loulou ! Ça me griffe, ça me gratte ! »

Mais le voilà entier de l'autre côté. Tiloc, à son tour, se met en peine de passer. Il n'est pas beaucoup plus épais que son compagnon et a bien du mal à ne pas se plaindre à son tour. Dans la cour, les deux compères cherchent un endroit où se cacher.

« Là-bas, au coin de la tourelle, il y a un tas de bois, fait observer Tiloc. »

Loulou et lui se précipitent, dos courbés, vers le tas de bûches. Ils se glissent derrière, s'accroupissent et reprennent leur souffle.

« Maintenant, qu'est-ce qu'on va faire ? s'inquiète Loulou. On n'est pas venus pour se cacher à tout bout de champ !

– Je sais bien, petit asticot, répond Tiloc avec un peu d'agacement. Nous nous cachons jusqu'à ce qu'on voit sortir quelqu'un capable de nous écouter…

– Justement, voilà quelqu'un ! »

Tiloc lève un peu la tête.

« Aïe ! C'est mon oncle Jeannot !

– Mais que fait-il donc là ?

– C'est qu'il est cuisinier, au manoir. J'avais oublié, mais il passe ici toutes ses journées ! explique Tiloc. Il ne nous verra pas. Il va jusqu'aux cuisines et n'en sort plus le nez. Attendons un instant... »

Bientôt une grosse femme apparaît sur le seuil d'une porte. C'est dame Berthe.

Tiloc la connaît bien. Sa maison est à trois pas de la sienne, et, quand son travail de lavandière est terminé au manoir, elle s'occupe de ses quelques canards. Sur sa tête, Berthe tient en équilibre un grand seau en bois rempli de linge propre. Les garçons la regardent traverser la cour et tendre sur les fils des draps de coton blanc.

« Elle est bien gentille, la Berthe, Loulou. Je vais voir si elle peut nous aider à rencontrer le Baron... »

Alors qu'elle revient, son baquet vide sous le bras, Tiloc s'élance :

« Ma dame, ma dame ! lance-t-il d'une voix pointue. Il faut que je vous parle ! »

Dame Berthe ramène son grand tablier sur son nez.

« Va-t'en donc mendier ailleurs, petit pouilleux ! répond-elle d'un ton sévère.

– Dame Berthe, c'est moi, Tiloc ! Je suis le p'tit Loïc ! Le neveu du cuisinier ! »

La bonne Berthe n'en revient pas :

« Comment donc ? Tiloc ? Tout boueux, tout crotté ?

– Oui, et je suis avec Loulou, le p'tit Louis du cordonnier ! C'est à cause des lapins !

– Ah ça ! À cause des lapins ? Je ne comprends pas, je ne comprends rien… »

C'est alors que l'oiseau noir à bec jaune apparaît et se pose sur le bord du baquet.

« Piiii-iit ! Dame Berthe, pitié pour eux ! Asile[12] ! Asile ! Piiii-iit !

(12) Donner asile à quelqu'un, c'est le cacher pour le protéger.

– Que dit-il ?

– Que vous nous cachiez au plus vite dans le manoir, bonne dame Berthe, pour l'amour de Dieu ! »

7

De l'eau et du savon

Les douze coups de midi sonnent à l'église du village lorsque la bonne dame pousse les deux garçons à l'intérieur d'une petite pièce.

L'endroit est rempli de baquets. Certains sont pleins, d'autres vides. Une marmite noire pend au-dessus du feu de la cheminée et de la vapeur d'eau envahit la pièce. Il fait chaud comme par un après-midi de juillet et brumeux comme par un matin de novembre.

Dame Berthe verse une bonne dose d'eau chaude dans un baquet, au milieu de la pièce. Puis elle plante ses mains sur ses hanches et dit avec fermeté :

« Moi qui vis dans le savon, il ne sera pas dit que je vous laisserai un instant de plus terreux et crottés comme des pommes à cochons ! Vous me faites honte ! Je m'en vais vous frotter et vous savonner jusqu'à ce que vous ayez la peau rose et lisse comme les angelots de l'église !

– Mais nous devons voir au plus vite Messire le Baron ! proteste Tiloc qui pense à son père qui l'attend au champ de la Mure.

– Nous avons une lettre pour lui ! complète Loulou qui n'a jamais trop aimé se faire frictionner.

– Laissez là Messire le Baron et sa lettre, ordonne Berthe. Quittez donc ces chainses sales et plongez dans ce baquet !

– On a déjà pris un bain il y a pas une heure dans la rivière d'Arz ! assure encore Tiloc à tout hasard.

– Cela ne se voit pas du tout, répond Berthe d'une voix ferme. Allons, ouste ! »

Les deux loupiots, sur une grimace, abandonnent leurs vêtements, inspirent longuement et plongent la tête dans le baquet.

« À la bonne heure ! se réjouit la Berthe. Maintenant, place au savon ! »

Les garçons, aussi raides que des piquets, se laissent malmener comme de petits pantins.

« Que sont donc ces griffures sur vos bras ? demande la bonne-dame après que la boue ait disparu.

– Les ronciers, explique Tiloc. »

La bonne Berthe s'attaque maintenant au lavage des vêtements.

« Des p'tits vauriens, des p'tits chenapans, des p'tits traîne-ruisseau, voilà ce que vous êtes ! répète-t-elle en brossant le linge. »

Les deux « p'tits vauriens » se gardent bien de dire un mot. Ils se contentent de sécher debout en silence, en dansant d'un pied sur l'autre, tout près de la cheminée.

« Vos affaires ne vont pas être sèches tout de suite, dit la Berthe en vidant l'eau boueuse des baquets dans la rigole. Vous allez passer ces chainses qui devraient être à votre taille. Elles appartiennent au petit du Baron, Aldric, qui n'a que dix printemps.

– Ces chemises ne vont pas lui manquer ?

– Penses-tu ! Il en a dix autres plus belles pliées dans son coffre !

– Dix autres ! Moi qui n'en ai qu'une seule, que je remets chaque matin... se désole Loulou. »

Très fiers, malgré tout, les deux garçons enfilent les chemises aux cols et poignets brodés.

« Et maintenant que vous êtes propres et présentables, m'expliquerez-vous cette histoire de lettre et de Baron ? exige dame Berthe. »

Et Tiloc de raconter l'histoire du petit bout de queue et tout le reste.

« Je ne comprends pas grand'chose, dit Berthe d'un air triste. Un lapin, des vaches, la Boudeuse…

– Attendez, c'est pas tout. Ensuite la Marie-du-pré a fait une jolie lettre pour Messire le Baron, un parchemin que j'ai glissé dans ma… Ah ! Mon Dieu ! La lettre ! Où est donc passée cette fichue lettre ? »

Tiloc ouvre grand ses yeux et se met à chercher partout. Sur le fil, les vêtements qui pendent : deux chainses, une chape, une cotte, un pelisson et… un petit carré de peau de veau !

« La lettre ! Loulou ! La lettre est là ! Toute trempée d'eau ! »

L'enfant saute et la décroche. Il la tourne, il la retourne, soupire, et dit gravement :

« Il n'y a plus rien dessus, l'encre est toute effacée. »

Les deux garçons se regardent, tristes et désolés.

« Si vous m'expliquiez pour de bon, reprend la Berthe, je pourrais peut-être vous aider ?

– Cela ne sert plus à rien, reprend Tiloc d'un ton désolé. Nous, on pense à des ruses, on fait des plans à cause des lapins, et à la fin, on se fait griffer par les ronces !...

– Pauvres garçons ! dit dame Berthe.

– On glisse dans la rivière, continue Loulou, on est tout mouillés !

– Pauvres enfants !

– On tombe dans le fossé !

– Pauvres loupiots !

– On est tout brossés, reprend Tiloc, on est tout frottés, on est tout savonnés. Ça nous pique de partout !

– Pauvres petits !

– Même nos habits, ils sont tout grattés, tout frottés, tout mouillés. Même la lettre, elle est toute lavée ! »

Les deux garçons ne sont pas loin de se mettre à pleurer.

« Les garçons, maintenant, écoutez-moi, reprend dame Berthe d'une voix douce et ferme. Pourquoi vouliez-vous donc passer pour des petits mendiants ?

– Dame ! Pour entrer dans le manoir sans se faire reconnaître, explique Tiloc.

– Cela n'a donc plus d'importance, puisque vous êtes entrés. Et la lettre ? Que disait cette lettre ?

– Elle expliquait pour les lapins de Loulou.

– Alors, si moi, la Berthe, je m'arrangeais pour qu'on parle à Messire le Baron ?

– Vous ? »

8

Le petit escalier

Alors, la bonne Berthe explique :

« Je ne peux pas parler ainsi directement au Baron. Je ne suis là que pour laver les draps sales, les chausses sales, les braies. Mais je pourrais aller trouver monsieur le Chapelain ou monsieur l'Intendant...

– Oui, oui ! s'enflamment les enfants en chœur.

– Bon, alors restez là quelques instants. Je vais voir qui je trouve dans le manoir. Je reviens au plus vite. »

On entend le bruit des sabots de Berthe claquer longtemps sur le sol, et puis le bruit s'éloigne et s'éteint. Les deux garnements, pieds nus sur les dalles froides, vont et viennent en silence. Ils attendent avec patience. Mais le temps passe et Tiloc commence à sentir comme des fourmis lui picoter les jambes. Dame Berthe ne revient pas. Bientôt, il n'y tient plus. Il dit avec autorité :

« Viens, Loulou. Nous allons trouver nous-même le chapelain et lui expliquer. Prenons ce petit escalier qui tournicote. Suis-moi ! »

Loulou aurait préféré attendre sagement la Berthe, mais il suit le mouvement, puisqu'on ne lui demande pas son avis.

Le petit escalier grimpe raide et tourne fort. Sur le côté, un renfoncement est fermé par une tenture. Tiloc s'arrête et écoute :

« Quelqu'un parle, là derrière, chuchote-t-il. Et ce n'est pas la voix de dame Berthe…

– Non, c'est une grosse voix d'homme, constate Loulou.

– Il y a une autre voix, fait observer Tiloc. Une voix un peu pointue…

– La voix grave a l'air bien fâchée, observe Tiloc.

– La voix aiguë n'est pas contente non plus… On dirait bien une querelle ! »

Mais la tenture est épaisse et les enfants ne comprennent rien à ce qui est dit. Tiloc décide donc de s'accroupir et de soulever un peu la tapisserie. Et il explique à Loulou :

« Celui qui a la voix pointue est un grand homme maigre… Il a une longue robe avec une ceinture de corde.

– C'est le chapelain, alors ! affirme Loulou. Et l'autre ?

– L'autre a un fort gros ventre et une chape rouge qui lui bat les mollets…

– C'est… c'est le garde-chasse !

– Le garde dit qu'il a surpris un petit villageois à la sortie du bois… qu'il tenait une

fronde à la main... et qu'il avait quatre lapins...

– Quatre lapins ? Une fronde ?

– Oui, fourrés dans un sac...

– Dans un sac ?

– Que le petit s'est enfui et qu'il lui a lancé des cailloux avec sa fronde...

– Avec sa fronde ? »

Tiloc se fâche :

« Loulou, ne fais donc pas le demeuré. C'est de toi qu'il parle !

– Si c'est de moi qu'il parle ? bredouille Loulou tout tremblant. Mais alors ? Pourquoi raconte-t-il des menteries ?

– Je ne sais pas, Loulou. Je ne sais pas.

– Je n'ai pas vu le garde-chasse près du bois ! Je n'avais pas de fronde ni de sac ! Il n'y avait pas quatre lapins !

– Je sais, Loulou. Mais pour l'instant, il faut me laisser écouter la suite. »

Loulou ayant accepté de se taire enfin, Tiloc reprend son petit espionnage. Dans la grande salle, de l'autre côté de la tenture, la conversation a l'air de se calmer un peu. Le chapelain secoue la tête :

« Tout de même, tout de même, dit-il, ce petit Louis dont vous me parlez, monsieur le Garde-chasse, je ne le vois pas venir braconner sous votre nez...

– C'est pourtant ce qui s'est passé, je vous l'assure, Chapelain. Je l'ai bien reconnu. Et chez son père, j'ai vu les lapins rôtir dans la marmite !

– Mais peut-être serez-vous pressé, maintenant, de rejoindre Messire le Baron ? L'heure de son départ pour Suscinio ne devrait pas tarder…

– Vous avez raison, monsieur le Garde-chasse. Il doit rencontrer ce soir notre bon Duc de Bretagne, Jean le premier, en son nouveau château, et… »

Tout en parlant, le chapelain s'éloigne et disparaît à pas pressés. À ce moment, Loulou ne peut contenir un fort éternuement.

« Qui va là ? crie alors le garde-chasse en dégainant son épée. »

Un grand battement d'ailes lui répond :

« Piiii-iit ! Au voleur ! Au voleur ! »

Le mainate au jabot orange vient de se poser sur le rebord de la fenêtre.

« Je vais décapiter cet oiseau du diable ! menace le garde-chasse. »

Et il se jette sur l'oiseau. La lame tournoie et s'abat sur le mainate qui pirouette en arrière et évite de justesse l'épée.

Tiloc regarde l'oiseau s'envoler et un grand sourire se dessine sur ses lèvres. Mais il voit aussi le garde sortir en toute hâte une flèche de son carquois. Il vise. Peine perdue : l'oiseau est déjà loin.

« La peste soit de ce maudit animal à plumes ! » lance l'homme, furieux, en sortant à son tour de la pièce.

9

Messire le Baron

Tiloc laisse retomber la tenture et se redresse. Il se tourne vers Loulou : « Ouf ! Nous l'avons échappé belle ! Bon. Ce barbon-là[13], je ne le lâche plus d'une semelle !

– Tu vas le suivre ? s'affole Loulou.

– Bien entendu. Reste là si tu veux, mais moi, je file avant de le perdre de vue !

– Je redescends attendre dame Berthe près de la cheminée. Il faut bien que quelqu'un reste pour lui expliquer, non ?

– Bien sûr, Loulou, bien sûr. Reste donc au chaud. À tout à l'heure ! »

(13) Un barbon est un vieil homme barbu.

Tiloc est déjà de l'autre côté de la tapisserie. Il traverse la grande pièce en courant sans prendre le temps de s'étonner qu'elle soit presque vide. Le voilà maintenant dans un grand escalier droit.

En bas, il distingue une grande agitation. Des bruits de voix, le choc des caisses que l'on pose ou déplace sans ménagement. Tiloc descend l'escalier lentement, sur la pointe des pieds, au milieu des malles, des coffres et des paniers posés en désordre sur les marches.

Arrivé au tournant de l'escalier, le garçon s'arrête. Il s'assoit en passant ses jambes entre les barreaux du garde-corps(14). De là, il voit parfaitement ce qui se passe en bas, dans l'entrée.

« C'est un vrai déménagement, ici ! se dit-il... Ah ! Là, je vois le chapelain qui parle à un enfant... Je vois le garde qui s'approche d'un grand homme en habit bleu... Ah ! Si je pouvais entendre ce qu'ils se disent ! »

(14) Un garde-corps est une barrière, un appui le long d'un escalier ou devant une fenêtre.

Tiloc se relève, attrape un gros sac de toile, le pose sur sa tête et descend lentement.

« Pourvu qu'on me prenne pour un petit domestique, se dit-il en arrivant au rez-de-chaussée. »

Il y a là une dizaine de personnes qui s'agitent. La plupart des coffres, des malles et des paniers sont chargés sur la charrette, au milieu de la cour. Tiloc, la tête enfouie sous son gros sac, passe dans le dos du garde-chasse qui ne le voit pas. Tiloc s'arrête en faisant mine de souffler. Le Baron parle de son départ :

« Vous surveillerez bien le domaine, monsieur le Garde-chasse. Les gens, ici, savent que je m'absente quelques semaines et certains pourraient en profiter pour piller la forêt pendant mon séjour à Suscinio ! Je compte sur vous !

– Bien, Messire le Baron, dit le garde-chasse en se courbant.

– Rien de particulier à me signaler ?

– Je n'ai pour l'instant, Messire, qu'une petite affaire qui concerne un bambin de huit ans et quatre lapins. Mais je l'ai déjà attrapé et les parents vont payer les lapins. Vous n'avez pas de soucis à vous faire ! »

Tiloc a du mal à se contenir. S'il s'écoutait, il foncerait sur le garde et crierait « C'est faux ! c'est faux ! ».

Mais il y a là le Baron, et les gardes, et les serviteurs. Tiloc serre donc les poings et se tait, décidé à ne parler qu'au Baron quand il serait seul.

C'est à ce moment que l'enfant voit arriver dans la cour du manoir trois hallebardiers bien fatigués... Il les reconnaît aussitôt pour les avoir croisés tout à l'heure sur le chemin de la colline.

« Il faut vraiment que je me hâte de lui parler, se répète Tiloc sans trouver la manière de le faire. »

Les malles et les paquets sont maintenant tous chargés sur la charrette. Les deux chevaux de somme piaffent et grattent le sol,

prêts à partir. On passe des cordes autour des bagages, on fait des nœuds solides.

Deux fiers soldats, montés sur de lourds destriers, s'avancent, tirant derrière eux le coursier du Baron.

« Que fais-tu donc là, petit sot, avec ton sac sur la tête ? clame soudain une voix sévère. »

De surprise, Tiloc laisse tomber le sac et se trouve nez à nez avec le garde-chasse.

« Voilà donc le Loulou du cordonnier, crie l'homme en le montrant du doigt !

Attrapez-le ! Gardes, ne le laissez pas s'échapper ! »

Tiloc se cache au plus vite derrière la carriole. Mais les soldats se précipitent ! L'enfant grimpe sur la charrette, se glisse entre deux malles et se cache sous un panier.

« Sors de là, petit ! ordonne l'un des soldats, ou je te perce la peau du bout de ma pique ! »

Du fond de son trou, Tiloc s'affole.

« Loulou, mais ce n'est pas moi !

– Nous allons t'attraper et te jeter sur la paille d'une geôle[15], petit voleur de lapins ! »

Les soldats se sont avancés. Ils saisissent sa chemise. Tiloc se débat. Alors qu'on le tire, qu'on le traîne, il se tortille en tous sens. Il tente de griffer tout ce qu'il peut, de mordre tout ce qu'il trouve. Il est bien vite remis sur ses pieds dans la poussière. Le voilà tout ficelé.

Pourtant, Tiloc tient sa tête haute. Il regarde le garde-chasse droit dans les yeux et il lance fièrement :

« Ce n'est pas moi qui ai volé les lapins, ce n'est pas Loulou non plus ! Mais je sais qui c'est... »

À cet instant, un soldat lui noue sur la bouche un bâillon bien serré. Tiloc ne peut plus parler. Il ne peut que grogner, se tordre et taper des pieds.

Déjà, un soldat le pousse vers le bâtiment, l'empoigne et le jette sur son épaule.

(15) Une geôle est un cachot, une prison.

Le garde-chasse, bien content de voir enfin ce diable de marmot maîtrisé, retrouve son sourire. À quelques pas de là, le chapelain soupire, relève la tête et cesse de se gratter le haut du crâne. Un peu plus loin, descendant de son gros cheval, l'intendant ricane en sourdine et se met à tortiller nerveusement ses moustaches…

10a

Le procès de Tiloc

« Soldats, attendez donc un peu avant de jeter ce garçon sur la paille ! clame alors la voix du Baron. Puisque je dois m'absenter quelque temps et qu'il me revient de rendre la justice, voyons ce que dit ce petit chenapan ! »

Les gardes reviennent donc. Tiloc se tortille toujours, plié en deux sur l'épaule du soldat et balance ses pieds en tous sens.

« Qu'on me fasse porter un siège ! ordonne encore le Baron. Que viennent l'intendant, le chapelain et le garde-chasse. »

Un fauteuil est vite apporté et placé au pied de la tour ronde. Le Baron y prend place et les personnes appelées s'approchent en silence. Le soldat replace Tiloc sur ses deux pieds et le tient fermement.

C'est à ce moment-là que, depuis le fond de la cour, retentissent des petits cris aigus.

« Non ! Non ! Pas Tiloc ! »

C'est Loulou qui se précipite en pleurant.

« Faites pas de mal à Tiloc, par pitié ! répète-t-il, noyé de larmes. L'a rien fait de mal, Tiloc, et moi non plus ! »

Une femme affolée suit Loulou en trottant aussi vite qu'elle peut et en répétant « Mon Dieu ! Ô mon Dieu ! ».

Tiloc se retourne et reconnaît la bonne Berthe. Il voudrait leur crier quelque chose, mais le pauvre garçon ne peut que jeter des petits grognements derrière son bâillon qui lui serre les joues.

Le Baron ordonne :

« Qu'on ôte le bâillon de ce garçon et qu'on lui libère les mains ! Je veux entendre cette bonne femme(16) et ces loupiots !

– Mais, Messire le Baron... »

C'est le garde-chasse qui s'est avancé. Il tente de protester, mais le seigneur du lieu ne le laisse pas parler. Il lance sèchement :

(16) À cette époque, dire « une bonne femme », c'était parler d'une femme bonne, gentille.

« Comment osez-vous, monsieur ?

– Pardon, mon seigneur, mais ce sont là deux petits menteurs, et l'un a braconné sur vos terres. Il a piégé quatre lapins et…

– Cessez donc, monsieur le Garde-chasse, vous dis-je ! reprend le Baron de Tournevieille avec autorité. Moi seul sais qui il est bon d'entendre et qui, ensuite, je voudrai croire. Avance donc, dame Berthe. »

Tandis que la lavandière fait quelques pas en baissant la tête et tortillant son grand tablier blanc, un enfant, resté tout ce temps en arrière, s'approche à son tour. Tiloc reconnaît Aldric, le fils du Baron, aperçu tout à l'heure au bas du grand escalier.

« Alors, ma bonne servante, qu'as-tu à me dire ? demande le Baron.

– Messire le Baron…, commence-t-elle, les yeux toujours baissés. Messire le Baron, je ne crois pas que ces enfançons aient volé…

– Et comment le sais-tu donc ?

– Je… je ne le sais pas vraiment, mon seigneur. Je le crois… seulement.

– Tu le crois seulement ? Mais que peux-tu donc savoir de ce qui se passe en forêt d'Auray, toi qui es dans les baquets et le linge du manoir, du matin jusqu'au soir ?

– J'ai vu ces garçons tout à l'heure. Ils étaient tout sales et crottés. Ils venaient pour… pour vous voir, mon seigneur. Pour vous parler, je crois…

– Voilà qui est bien curieux…

– Cette femme ne dit que mensonges ! intervient le garde-chasse. J'ai vu ces enfants de mes yeux dans la forêt d'Auray…

– Monsieur le Garde-chasse, il me plaît d'entendre cette femme, se fâche le Baron. »

À ce moment, le chapelain toussote :

« Messire, je connais un peu cet enfant. Ne l'écoutez pas : c'est un traîne-ruisseau, un va-nu-pieds, un voleur de pommes ! »

Le Baron se lève de son fauteuil et, d'une voix de tonnerre, il ordonne :

« Monsieur le Chapelain, occupez-vous de ma chapelle et contentez-vous d'enseigner le latin à mon fils. Il me plaît d'entendre cet enfant et je l'entendrai. »

Puis, après avoir repris place sur son fauteuil et s'être tourné vers Tiloc :

« Alors, petit ? Qu'as-tu donc à me raconter sur cette maudite forêt ?

– Messire le Baba..., bredouille Tiloc, je veux dire, messire le Baron, j'y passe chaque jour pour y prendre un fagot de bois sec...

– Et les lapins ?

– Oh non, messire le Baron ! Je ramasse le bois mort, pas les lapins !

– Es-tu passé, ce jour d'hui, dans la forêt d'Auray ?

– Non, messire le Ba... Baron. Au jour d'hui[17], je n'ai pas eu le temps. L'a fallu que je m'occupe de mon ami Loulou...

– Ton ami Loulou ? Ce petiot qui se dandine là, à côté de dame Berthe ?

– C'est bien lui, messire le Baron. C'est lui qui a trouvé deux lapins morts dans les fourrés, deux lapins, couic ! serrés dans des ficelles, à la sortie du bois...

– Voilà qui est curieux, dit le Baron en se grattant le menton. Et qui donc avait passé ces ficelles, mon garçon ? Ton ami Loulou ? »

(17) Ce jour d'hui, au jour d'hui. À cette époque, on écrivait aujourd'hui de cette manière, « hui » signifiant « maintenant ».

Loulou s'avance de trois pas :

« Oh non ! Je n'ai pas mis les ficelles ! Je n'ai pas tué les lapins ! Je les ai juste trouvés et rapportés à la maison. Et ma mère les a mis au fond de la casserole…

– Étaient-ils bons à manger, au moins, ces lapins ?

– Je ne sais pas… (il montre du doigt le garde-chasse). Cet homme est venu chez mon père et il a dit des menteries sur moi. Alors moi, je n'ai pas dîné, je suis parti en courant, je me suis caché dans la paille. »

Tandis que Loulou tente, à sa manière, de raconter ses mésaventures, Aldric, le fils du Baron, quitte l'assemblée, discret comme une ombre. Il s'éloigne à reculons, sans bruit, sans dire un mot…

Quelle pourrait être cette preuve ? Si tu penses l'avoir trouvée, tu peux passer directement au chapitre 11 (p. 89). Sinon, cherche des indices dans le chapitre 10b (p. 87)

10b

Une vraie preuve ?

Loulou poursuit son récit, où il est beaucoup question d'orties, de cachettes, de Marie, de Lison… Loulou parle de ronces, de vêtements trempés, de plongeons dans la rivière d'Arz, de poterne… Loulou raconte la Berthe, le savon et le baquet, les enfants cachés derrière la tenture…

Et pendant ce temps, Tiloc pense. Dans toute cette aventure, qu'a-t-il donc pu voir ou entendre d'important, qui serait la preuve que Loulou est innocent ? Il lui vient à l'esprit plusieurs choses :

« Le garde-chasse parle de quatre lapins et Loulou de deux. Il dit qu'il a surpris Loulou dans la forêt et qu'il l'a attrapé. Loulou dit tout le contraire. Il affirme qu'il a traîné Loulou jusque chez ses parents et qu'ils se sont mis d'accord pour payer les lapins.

Loulou raconte tout autre chose… Le garde est allé raconter toute l'histoire au chapelain. Pourquoi donc seriner cette pauvre affaire à tout le monde ? Peut-être est-il allé aussi rencontrer l'intendant, le chef de cuisine, le maréchal, le cuisinier… Tout cela est très bizarre, mais cela ne fait pas une preuve. »

Tiloc enrage. Il serre les poings… Tout à coup, son visage s'éclaircit. Il a trouvé une vraie preuve !

Il regarde Loulou qui continue d'expliquer en détail la boue dans les oreilles, le savon dans ses yeux.

La vraie preuve, Tiloc sait qu'il l'a. Il la sent, solide comme un caillou que l'on serre au creux de sa main. Une vraie preuve…

Mais oui ! se dit-il. Le garde tout à l'heure, a couru derrière lui en criant :

« Voilà donc le Loulou du cordonnier ! »

Le garde-chasse a pris Tiloc pour Loulou ! Il les a confondus ! Comment pouvait-il se tromper si quelques heures auparavant il avait, comme il dit, attrapé Loulou et ramené l'enfant chez ses parents ?

La preuve est là. Tiloc le sait. Il attend maintenant l'occasion de tout dire.

11

Peaux de lapins

« Et toi, mon garçon, rappelle-moi ton nom ? demande le Baron.

– Tiloc, Messire le Ba… le Baron. Je veux dire Loïc.

– Ah, bien. Alors, qu'as-tu à me dire en faveur de ton ami Loulou ?

– Eh bien voilà, Messire le Baron : le garde-chasse parle de quatre lapins et Loulou de deux…

– En effet, dit le Baron.

– Le garde-chasse, continue Tiloc, dit qu'il a vu Loulou attraper les lapins dans la forêt, et Loulou qu'il les a trouvés dans un buisson…

– Et puis ?

– Le garde-chasse prétend que Loulou avait un sac pour cacher les lapins et une fronde pour tirer des cailloux. Moi, je n'ai jamais vu Loulou avec une fronde.

– Et encore ?

– Le garde-chasse affirme qu'il a attrapé Loulou et qu'il l'a ramené à sa maison. Moi je sais que si Loulou était rentré accroché au bras du garde, son père l'aurait enfermé tout de suite dans la huche à pain.

– Bien, dit le Baron. Mais tout cela ne prouve rien. L'un dit ceci et l'autre dit cela. As-tu une preuve, une vraie preuve, qui fasse que je puisse te croire ?

– Oui, Messire le Baron. J'en ai une… Quand je me cachais sous un sac, tout à l'heure, au milieu de la cour, le garde-chasse m'a aperçu. Mon sac est tombé par terre et il m'a vu tout en entier… Et il a crié bien fort : “Voilà le Loulou du cordonnier !” Mais voilà : je ne suis pas du tout le Loulou du cordonnier, Messire le Baron. Tout ça veut dire que le garde ne connaît pas Loulou. Qu'il ne l'a pas vu dans la forêt. Qu'il ne l'a pas attrapé. Qu'il ne l'a pas ramené chez son père ! Et que, si le garde dit des menteries sur Loulou, c'est qu'il dit aussi des menteries sur tout le reste.

– Que penses-du donc alors, Loïc ?

– Je pense, Messire le Baron, que le garde raconte son histoire tout à l'envers.

– Tout à l'envers ?

– Oui. Je pense que c'est lui qui a piégé les lapins avec des ficelles. Qu'il allait les cacher dans un sac quand Loulou est sorti du bois. Qu'il les a jetés dans un fourré et qu'il s'est caché rapidement… Et puis Loulou a trouvé les lapins, il n'a vu personne à l'entour, il s'est dit que sa maman serait contente de les passer à la casserole, vu que chez lui on n'en mange pas trois fois par an… »

Le Baron se lève de son fauteuil et se tourne vers le garde-chasse qui baisse la tête.

Il va pour dire ce qu'il pense de tout cela lorsqu'il entend une voix lui crier du fond de la cour :

« Père, père ! J'ai là un gros sac… »

C'est Aldric, le fils du Baron, qui approche à grand peine, traînant dans la poussière un sac rebondi.

On se précipite, on se presse, on se bouscule. On ouvre le sac et on en sort des dizaines de peaux de lapins !

« Mon père, j'ai trouvé cela dans le coffre du garde-chasse, explique le jeune Aldric. »

Le Baron se tourne vers le garde-chasse qui dit :

« Mon seigneur, c'est que, tout cet hiver, j'ai eu froid. Je comptais faire une bonne pelisse pour mon lit… »

Une autre voix lance alors :

« Mon seigneur ! Voilà deux peaux de lapins encore ! Les deux peaux de chez Loulou ! »

C'est Élise qui vient en riant, tenant bien haut deux petites peaux blanches !

•

La chose est vite jugée et le garde-chasse sitôt emmené par les hallebardiers pour goûter la paille du cachot.

Et, comme la cloche sonne cinq coups, le Baron dit aux enfants :

« Je vous remercie, jeunes garçons. Que diriez-vous d'un bon dîner en mes cuisines ?

– Oh oui, messire le Baron ! lance Loulou. Je n'ai eu à croquer que deux tranches de pain sec depuis hier matin !

– Alors, reprend le Baron, suivez sans tarder la bonne Berthe qui va vous y conduire. N'oubliez pas cette enfant aux pieds nus ! »

Tiloc, Loulou et la Lison trottent derrière la Berthe jusqu'aux cuisines. Il y a là de grands feux qui grondent dans les cheminées, et des marmites, et des rôtissoires. Il y a là des gros pains chauds qui sortent du four et une grosse dinde qui tourne sur la broche.

Les trois enfants avalent jusqu'à s'en faire craquer la bedaine. Ils dévorent des pâtés et des fromages, du canard et du sanglier, des fruits et des confitures. On leur verse des bols entiers de cidre doux.

Et pendant ce temps, dans la cour, la lourde charrette s'ébranle, tirée par deux gros chevaux noirs, que suivent deux hallebardiers à cheval et toute une petite troupe de cavaliers entourant le Baron perché sur son beau coursier.

Il s'en va quelques semaines au beau château de Suscinio. Il part rejoindre le duc Jean le Premier qui règne sur toute la Bretagne et qui, il y a peu, a vu le Roy de France, Louis le Neuvième, avant son départ pour la croisade.

Et un grand oiseau noir à bec jaune vient voler au-dessus de lui en criant :

« Piiii-iit ! Le garde-chasse est au frais et les enfants sont au chaud ! Piiii-iit ! »

Table des matières

Achevé d'imprimer sur les presses de Egraf, Madrid (Espagne) Dépôt légal : Juin 2003